Il mondo non mi deve nulla

Massimo Carlotto

Il mondo non mi deve nulla

edizioni e/o

I fatti e i personaggi rappresentati nella seguente opera
e i nomi e i dialoghi ivi contenuti sono unicamente frutto
dell'immaginazione e della libera espressione artistica
dell'autore. Ogni similitudine, riferimento o identificazione
con fatti, persone, nomi o luoghi reali è puramente
casuale e non intenzionale.

www.massimocarlotto.it

Grafica/Emanuele Ragnisco
www.mekkanografici.com
Foto in copertina © Casarsa/iStock

L'autore ha citato all'interno del volume
le seguenti canzoni:

Rimini Rimini
(Arbore, R.)
Sono solo parole
(Moro, F.)

ISBN 978-88-6632-455-3

1

Il ladro si sedette sulla panchina e sospirò di sollievo. Era stanco, viale Principe Amedeo sembrava più lungo del solito, quella sera. Intendeva percorrerlo fino alla fine, infilarsi nel sottopasso e raggiungere la stazione, dove aveva lasciato la bicicletta.

La massa dei turisti doveva ancora arrivare, ma a Rimini gente in arrivo o in partenza ce n'è sempre, e prima o poi qualche pollo pronto a farsi alleggerire l'avrebbe trovato.

Il problema era la concorrenza, soprattutto straniera: sudamericani e gente dell'Est si muovono in gruppo, alcuni distraggono la vittima mentre altri la ripuliscono.

Lui invece era solo. A Rimini c'era nato, lo conoscevano in tanti, ma valeva comunque la pena fare un tentativo, quella sera. Era in giro dal primo pomeriggio, ma fino a quel momento non era riuscito a rubare nulla, nemmeno un panno appeso ad asciugare. Sembrava che tutti, riminesi e turisti, si fossero messi d'accordo per rendergli la vita difficile. Come se non lo fosse già abbastanza.

Per questo il cuore iniziò a battergli forte quando notò una finestra aperta al primo piano di una palazzina abitata da gente danarosa. La stanza era al buio, come tutto il resto dell'appartamento. Si guardò attorno circospetto. I larghi marciapiedi con annessa pista ciclabile erano deserti. Nessuno affacciato a finestre o balconi.

Se qualche ficcanaso lo stesse spiando nascosto da una tenda questo non poteva proprio saperlo, ma era un rischio del mestiere, tra tutti il più probabile. Per qualche ignoto motivo, una parte dell'umanità trascorre il tempo a osservare i vicini di nascosto, pronta a denunciare gli intrusi alle forze dell'ordine.

Senza interrompere il flusso di pensieri, l'uomo si spostò nel lato più buio della panchina e iniziò a tener d'occhio quello spiraglio che poteva rappresentare un'occasione unica. Un vero colpo di fortuna.

Dopo una buona mezz'ora iniziò a sentir-

si euforico. Non c'erano dubbi, l'appartamento era vuoto. Come faceva sempre quando si sentiva prossimo al successo, iniziò a
canticchiare una canzone degli anni Ottanta
scritta da Renzo Arbore e resa immortale dal-
l'orchestra di Raoul Casadei.

Rimini Rimini Rimini Rimini Rimini
voglia di correre, voglia di vivere…
Stasera mi butto, ci voglio provare
stanotte me lo sento
non mi può andare male…

Al termine dell'esecuzione a mezza voce il
ladro si sentì pronto per passare all'azione.
Scavalcò il muretto, attraversò il giardino e
con un balzo si aggrappò al bordo di un ter-
razzo. In meno di un minuto riuscì a pene-
trare nell'appartamento.

Capì subito di trovarsi in un bagno perché
si ritrovò avvolto da un'odorosa miscela a ba-
se di saponi, creme e profumi costosi. "Tipi-
co dei cessi delle case dei ricchi" rifletté sod-
disfatto per l'acutezza dell'osservazione, mentre accendeva una piccola torcia elettrica.

Aprì la porta e illuminò un corridoio su cui si aprivano diverse stanze, lo percorse fino in fondo e scoprì che conduceva a un salotto spazioso, molto promettente dal punto di vista ladresco. Infilò una mano nella tasca del giubbotto ed estrasse una borsa di tela cerata col marchio Coop.

Era giunto il momento di arraffare il bottino. Il cono di luce puntò un tavolino con diversi ninnoli d'argento che al Biagio, il suo ricettatore, potevano senz'altro interessare, anche se li avrebbe prima snobbati e poi ridicolizzati per tentare di pagarglieli meno di niente.

Non fece in tempo ad allungare la mano su quello più vicino, un delfino sorridente nell'atto di tuffarsi, che si accesero tutte le ventiquattro lampadine sapientemente occultate in un trionfo di cristalli pendente dal soffitto. Il sangue gli si gelò nelle vene e il muscolo cardiaco si rifiutò per qualche istante di darsi da fare. Lasciò cadere la borsa per portare la mano al petto.

«Mi scusi, lei è un ladro o soltanto un inquilino molto distratto?» chiese una voce di donna alle sue spalle.

Si girò di scatto e la vide. Sui sessanta, elegante, raffinata, agghindata come se dovesse andare a una festa, se ne stava tranquillamente distesa su un divano. Al collo una lunga sciarpa di seta color del cielo di Rimini ad agosto.

«Ma sei matta? Vuoi farmi venire un infarto?» s'inalberò lui esterrefatto. «Guarda che con uno spavento così potevo rimanerci secco. Guarda che i fattori di stress non sono mica una barzelletta e nel furto con destrezza ci sono proprio tutti». Si passò una mano sulla faccia. «Senti qui. C'ho i sudori freddi dallo spavento».

«Veramente dovrei essere io quella spaventata. E comunque, non ha ancora risposto alla mia domanda: chi è lei?».

Il ladro rimase interdetto. Delle due l'una: o la donna era deficiente, o era una tale rompicazzo che anche di fronte a un criminale in azione non poteva esimersi dal fare la puntigliosa. Optò per un comportamento professionale. Si avvicinò al divano con un balzo. «Zitta! Non urlare! Guarda che ti scanno, sai» sibilò minaccioso.

La donna non si scompose. «Mi limito a farle presente che se avessi voluto gridare l'avrei già fatto. Comunque ora l'importante è che sia lei a calmarsi. Si sieda e riprenda fiato. Mi sembra piuttosto scosso».

Lui comprese che si trattava di una rompicazzo e decise di adeguarsi a quel livello di scontro. «Ero là fuori da più di un'ora e non ho visto accendersi la luce una sola volta» attaccò in tono pedante. «Quindi mi sono detto: qualcuno ha dimenticato la finestra aperta. Succede raramente ma succede. Finalmente un colpo di culo, ho pensato. E ti faccio presente che mi toccherebbe di diritto con la sfiga che ho avuto negli ultimi tempi. E invece, ma guarda un po' te, era aperta perché la signora è un'inquilina molto distratta. Non va per niente bene, eh!».

«Quella finestra è sempre aperta».

«Sei ben strana tu. Rimini è piena di ladri, sai?».

«Non ne dubito. Forse però è la professionalità che manca. Vedo che lei non porta i guanti e il cappello... Lo sa che questo è il modo migliore per seminare impronte e Dna?».

«Dici anche cose strane. Sarà perché hai un accento straniero. Cosa sei, americana?».

«No. Tedesca» rispose lei con una certa fierezza.

Il ladro la osservò interdetto. Da sempre Rimini ha accolto germanici, col tempo lui aveva imparato a conoscerli e... no, lei non sembrava affatto una crucca.

Si sentì in dovere di farglielo notare. «Qui ce ne sono tanti di tedeschi, tutto l'anno, e non sono mica come te. Sai quante notti ho passato a chiavare con le tedeschine? Loro però erano tedesche normali, hai presente, no? Romantiche ma precise. E poi manco la televisione guardi. Posso sapere cosa fai al buio tutto il tempo? Non ti rompi i maroni?».

«Al momento è la cosa migliore che posso fare» rispose lei in tono piatto.

«E comunque io pensavo che la casa era vuota. Siamo in un bel casino adesso».

«Mi spiace. Faccia come se non ci fossi».

«Sarebbe a dire?»

La donna indicò il salotto con un gesto ampio del braccio. «Rubi pure quello che vuole, io me ne sto qui buona buona» disse togliendosi orecchini e collana. «Ecco, inizi a prendere questi. Valgono un sacco di soldi».

Il ladro glieli strappò di mano con un gesto inutilmente violento. «Ma non è lo stesso. Dovrei legarti e imbavagliarti, una cosa così. Tecnicamente il furto diventa rapina, capisci? E io non sono più un semplice ladro».

«Mi sembra che lei stia esagerando. Io non sto opponendo nessuna resistenza».

«Ma non è normale che mentre ti svuoto la casa tu te ne stai lì distesa sul divano a guardarmi».

La donna si coprì il volto con le mani. Un gesto plateale e irriverente. «Vuol dire che terrò gli occhi chiusi».

L'uomo ritrovò all'improvviso la freddezza. Mise le mani sui fianchi, chinò la testa di lato e solo quando fu certo di avere tutta la sua attenzione si decise ad aprire bocca: «Tu mi stai prendendo per il culo».

«Ah no, non mi permetterei mai» esclamò lei cercando d'infilare, con scarso impegno, qualche nota d'indignazione nel tono.

Il ladro l'afferrò per le braccia, la sollevò e la scosse come un giunco in balìa della tramontana. «Cosa nascondi? Una pistola? Un allarme? Uno spray al peperoncino? Dov'è la fregatura?».

La donna appoggiò le mani sul petto dell'intruso e lo allontanò con una spinta. «Ma la smetta! Non nascondo un bel nulla!».

«E allora perché non hai paura?».

Lei allargò le braccia. «Non ci riesco».

«Non ci riesci? Ma che cos'ho che non va?».

Lei fece una smorfia ambigua mentre cercava le parole giuste. «Nulla! Si vede che lei è un tipaccio poco raccomandabile. Il fisico, la postura, l'espressione degli occhi… Tutto in lei è truce, patibolare. Il terrore che mi attanaglia è così devastante che non riesco a esprimere lo spavento che il suo solo aspetto m'incute».

«Ehi, ma come cazzo parli?» e prese a schiaffeggiarla. Lei non si scompose.

«Hai capito adesso che tipaccio sono?».

La donna gli rivolse uno sguardo tra l'offeso e lo sprezzante. «Ho avuto a che fare con gli uomini tutta la vita» attaccò in tono gelido. «E proprio perché li conosco le dico che lei è solo un poveraccio. Come maschio sta al gradino più basso della scala. Perfino i suoi ceffoni non hanno qualità. Sono degni di un subalterno, di un dipendente di infimo ordine. Per osare schiaffeggiare una donna è necessaria un'autorevolezza che inviti immediatamente al perdono. Lei non sa nemmeno di cosa io stia parlando, vero?».

Il ladro ebbe uno scatto d'ira. Le piantò il suo indice tozzo davanti alla faccia. «No, ma adesso ti faccio vedere io».

Corse alla finestra, strappò le corde delle tende, raffazzonò dei nodi, poi fece un bavaglio con la sciarpa di seta. La donna non reagì.

Il ladro aveva il fiatone tanto era agitato. «Tu sei matta, non sei normale! Da una come te bisogna difendersi».

Afferrò la borsa e cominciò a riempirla di refurtiva. In un cassetto trovò un po' di contante. Glielo agitò davanti al naso prima di farlo sparire. Poi iniziò a lanciarle occhiate e a insultarla in romagnolo stretto. Pensava di essere indispettito, invece era profondamente turbato. Quando se ne rese conto mollò la borsa, afferrò una sedia, l'avvicinò alla donna, si sedette e le tolse il bavaglio con un gesto quasi delicato.

«Cosa vuol dire che hai avuto a che fare con gli uomini tutta la vita? Sei una puttana?» chiese in tono suadente.

La donna ridacchiò e si schermì. «Ma no. Ma cosa va a pensare…».

«Non ci sarebbe niente di male, sai?».

«Sono una croupier. Anzi, lo ero. Gli anni passano per tutti».

«Lavoravi nei casinò?».

«Sì, sulle navi».

«Ma dài. Allora hai girato il mondo».

«In lungo e in largo. Per quarant'anni».

«E cosa c'entrano gli uomini coi casinò? Io non ci sono mai stato, ma so che ci vanno anche le donne».

«Per fortuna. Solo le donne sanno veramente giocare. Gli uomini sono rozzi, giocano con la stessa grazia con cui vanno per la prima volta al bordello. Quelli bravi sono solo furbi, dotati di un intuito animalesco, a metà strada tra il ratto e la volpe. E infatti sono destinati a diventare bari per farsi un nome nell'ambiente».

«Ma guarda… solo le donne…».

«Certo. Il gioco è fatica e magia. Esattamente l'essenza di cui sono fatte le donne. Per questo siamo migliori dei maschi e rendiamo decente questo mondo».

Le parole della tedesca scatenarono in lui un attacco di risa. «Perché non hai conosciuto la Carla, la mia compagna. Ma no, scherzo… E anche tu scherzavi quando dicevi che sono un poveraccio, vero?». La donna distolse lo sguardo in modo ostentato. Lui ci rimase male. «Ma sei proprio stronza!» sbottò, scattando in piedi. «E stai facendo di tutto per farmi incazzare! Che poi sono bravo e buono ma se mi girano i coglioni divento una bestia. C'ho una potenzialità da prima pagina, da trasmissione di prima serata…».

«Eviti di continuare a rendersi ridicolo» lo zittì la padrona di casa. «I due schiaffetti senza carattere che mi ha dato prima dimostrano che lei non sa nemmeno cosa sia, la violenza».

«Ma se ho fatto a pugni con mezza Rimini!».

«Appunto. Lei non è un professionista. È uno prestato al crimine. Scommetto che ha iniziato da poco, vero?».

Il ladro si mise sulla difensiva. «Da due mesi. Ma prima non ne avevo mica bisogno».

«Perché aveva un lavoro, scommetto, poi l'hanno licenziata».

«Cos'è? Oltre a essere stronza sei anche un'indovina? È chiaro, c'è la crisi, stanno licenziando tutti in Italia».

La donna si sentì in dovere di condividere una riflessione frutto dell'età e dell'esperienza: «Il ladro per necessità è destinato al carcere. Il crimine, invece, è vocazione pura in ogni suo campo».

Ma lui non colse la profondità di quelle parole. «Mi vuoi portare sfiga?» attaccò, spinto dal proposito di sfogarsi. «E poi di quale vocazione parli? I preti c'hanno le vocazioni. Da quando sono rimasto senza lavoro ho cominciato a entrare nelle case e a portare via quello che trovo. I contanti me li tengo, il resto me lo piazza il Biagio che è uno con le mani in pasta. E così mi arrangio. La Carla non è mica contenta perché è stanca di spezzarsi la schiena con le pulizie. "Ma come fai a portare a casa queste miserie?" mi dice. "Non è possibile andare a rubare tutti i giorni e alla fine guadagnare come lo stipendio che ti davano in fabbrica".

«Il fatto è che le case dove si entra più facilmente sono quelle più povere. Mica come quelle di questo viale, che hanno porte e finestre blindate e di sicuro la cassaforte. Io però non sono capace ad aprire quella roba lì.

«A me m'avevano detto: adesso studi all'istituto professionale, poi te ne vai in fabbrica fino alla pensione. Da quel momento te ne stai buono buono al bar a giocare a carte fino a quando non ti parcheggiamo al camposanto. Mica mi avevano detto: guarda che a quarantacinque anni ti buttiamo fuori e lavoro non ne trovi più. E allora quello che ho detto io è stato: "In questo mondo di ladri, rubo anch'io". Solo che non è per niente facile. E poi mi manca un po' anche la fortuna. Come stasera…».

Il ladro avrebbe voluto continuare a spiegarle il suo punto di vista, ma all'improvviso ebbe il sopravvento la professionalità criminale.

«Vivi sola?» domandò scoccandole un'occhiata truce per mettere in chiaro che non avrebbe tollerato menzogne.

«Questa è una domanda che andrebbe posta subito» fece notare la tedesca con la giusta dose di spietato sarcasmo. «Se lo ricordi la prossima volta. Comunque sì, vivo sola».

«E come mai?».

«Mi scusi ma questi sono affari che non la riguardano».

L'uomo le agitò il pugno chiuso a un centimetro dalla faccia. «Oh, bella, guarda che sei legata e posso fare di te quello che voglio. Se ti faccio una domanda, tu rispondi. Mi devi portare rispetto, hai capito?».

La donna lo guardò dritto negli occhi e lui capì quello che stava per dire. «Non ci provare. Guai a te» si affrettò a metterla in guardia nel tentativo di tapparle la bocca.

La padrona di casa fu implacabile. «Nessuno l'ha mai rispettata nella vita e adesso il rispetto lo pretende proprio da me con le minacce. Lei è solo un vigliacco».

L'uomo si ritrovò in piedi, la mente annebbiata dall'ira. Il colpo deviò all'ultimo istante e si scaricò sull'imbottitura del divano. Fece un passo indietro, il volto rosso per la vergogna.

«Ma cosa mi fai fare? Potevo farti male, sai?» borbottò imbarazzato.

«Allora rubi, invece di perder tempo a fare conversazione».

Dopo un attimo d'indecisione il ladro si risedette, deciso a chiarire. «Una cosa però te la voglio spiegare. Il rispetto per la gente come me può arrivare solo dai figli, che sono costretti a portartelo almeno finché vivono a casa. E io figli non ne ho avuti. È facile parlare dopo che hai passato una vita a far divertire i ricchi. Com'è che dite voi? *Les jeux sont faits*».

Lei dovette fare uno sforzo per comprendere la pronuncia francese del ladro. Fu tentata da una battuta feroce. Lasciò perdere, non certo per paura ma per un'idea che le era venuta all'improvviso.

Nel frattempo l'intruso, imponendosi un atteggiamento improntato alla massima dignità, riprese la borsa e continuò a riempirla di refurtiva. Mentre sbirciava dietro un quadro alla ricerca di una cassaforte sentì squillare il cellulare. Una musichetta alla moda. Rispose al terzo squillo.

«Carla, Carlina, quante volte ti ho detto che non devi telefonarmi mentre lavoro? Puoi mettermi in pericolo, lo sai? No, non ho ancora concluso nulla. Sto tenendo d'occhio una finestra. Ti chiamo appena ho fatto… Sì, lo so che ci sono le bollette da pagare. Sì, e anche la rata dell'auto. Ma non è questo il momento per parlarne».

Il ladro interruppe la telefonata e mise via il telefonino masticando tra i denti una lunga serie di imprecazioni. Si accorse che la padrona di casa lo stava fissando.

«Che c'è?» domandò con tono scortese.

«Ha mentito alla sua signora» rispose lapidaria la tedesca.

«Per forza. La Carlina si mette sempre in mezzo. Se mi chiama mentre sto rubando comincia a dire "guarda lì, cerca quello, prendi quell'altro" e mi manda in confusione. Comunque sono io il ladro, lei non si deve impicciare, mi dà fastidio, ecco. E poi, com'è 'sta storia, non posso raccontare balle alla mia donna?».

«Ci mancherebbe. Lei *deve* mentirle. Sempre. Magari perfezionando un po' la tecnica».

«Mi stai prendendo per il culo un'altra volta» farfugliò incredulo il ladro.

La tedesca si decise finalmente a sorridere. L'argomento le stava molto a cuore. «No. La menzogna è l'unico, vero strumento di sopravvivenza a disposizione dell'essere umano» disse con trasporto e convinzione. «Io ho mentito tutta la vita e non mi pento di una sola bugia. Si tratta di un'arte che si affina col tempo e con l'esperienza. Per questo bisogna iniziare da piccoli. I grandi ti insegnano a calibrare la menzogna, a renderla credibile. Mio padre è stato un maestro straordinario. Ogni volta che esageravo lui scuoteva appena la testa e mi offriva la possibilità di rimediare ritoccando le parole.

«E così sono diventata una vera professionista. Ero talmente brava da riuscire a manipolare la verità nei casinò delle navi, dove tutto è fasullo. Gigantesche bugie galleggianti che navigano da un porto all'altro. Grazie alla menzogna sono riuscita a permettermi il meglio. Lavoro, uomini, denaro. Tutto. A fine serata raggranellavo mance principesche per i miei sorrisi speciali, che suggerivano la sicurezza della vittoria e invece erano cuciti su misura sull'ingenuità del giocatore. No, mi creda, non la stavo prendendo in giro».

Il ladro rimase in silenzio, impegnato a centellinare il senso di ogni singola parola. Tamburellò con le dita sul tavolo, poi sulla guancia. Il tempo necessario per formulare una domanda: «Ma allora cosa ci fai tutta sola, al buio, distesa su un divano? Voglio dire… Se a forza di raccontare balle hai avuto il meglio dalla vita, perché non sei fuori a divertirti? Perché Rimini non è lì in ginocchio a baciare i tuoi bei piedini?».

La padrona di casa non mosse un muscolo. Resse lo sguardo di sfida dell'intruso. «Legata non rispondo di sicuro».

"Non posso farlo" pensò lui. "Non è professionale. Siamo passati dal furto alla rapina e adesso cos'è, una visita di cortesia?".

La curiosità fu più forte del rigore deontologico. Un secondo dopo le sue mani erano già alle prese con i nodi che imprigionavano la donna.

Una volta libera la padrona di casa si alzò, massaggiandosi i polsi con movimenti lenti.

Poi prese una bottiglia di liquore e riempì due bicchieri. Uno lo porse all'uomo, che rimase sorpreso dalla familiarità del gesto. Accettò con un sorriso e un cenno del capo e bevve una lunga sorsata.

«Vacca boia se è buono» commentò. «Mai bevuta roba di classe come questa. Mi porto via quello che rimane così lo faccio assaggiare alla Carlina».

«Sono certa che la sua signora gradirà» commentò lei alzando il bicchiere.

L'uomo rispose al brindisi con un gesto automatico ma si pentì subito. Quella stronza rompicazzo aveva un modo di fare che non riusciva mai a capire se lo stava prendendo per il culo.

Ritornò a fare il duro. «Ti ho slegata per farti rispondere a una domanda» le ricordò.

La tedesca annuì. «Alla fine il destino mi ha fatto incontrare la regina delle menzogne, al cui confronto io ero solo una misera principiante» svelò piena di rammarico. «Avrei dovuto capirlo subito: non era altro che una sgualdrina di classe, e mi stava ingannando. Ma era gentile, convincente, aveva un sacco di clienti che si fidavano di lei e non mi ha dato tregua fino a quando non sono caduta nel suo tranello».

«Ma di chi stai parlando?».

«Della banca».

«La banca?».

«Sì, mi ha convinto a investire tutti i miei risparmi nei derivati».

«Derivati? E che roba è?».

«Nemmeno io lo sapevo allora, soprattutto ignoravo che bisogna essere investitori esperti per poterli gestire. Ero certa di essere al sicuro, avevo calcolato esattamente quanto mi serviva per vivere in modo più che agiato fino alla fine dei miei giorni, invece la sgualdrina si è divorata quasi tutto. Sono riuscita a salvare quel tanto per tirare avanti ancora un anno. Poi è finita».

«E quanto sarebbe?» chiese lui.

«Centoventimila euro».

L'uomo ebbe un sussulto che lo squassò da capo a piedi.

«Centoventimila euro? Ma io con quei soldi lì ci campo anni».

«Lei! Io solo uno».

«Tedeschina bella, forse è il caso che ti metti a risparmiare un po' sulle spese, come tutti. E poi sei sola, come fai a spendere così tanto?».

«Questa è una domanda priva di senso» sentenziò la donna in tono tagliente, «a cui posso solo rispondere: spendo il giusto».

Prese dal tavolo una cornice d'argento che si era salvata dal saccheggio. «Si chiamava Jack Sortino, era italoamericano e baro di professione» spiegò picchiettando con l'unghia laccata di rosa sul volto dell'uomo ritratto. «Io ero una croupier, lui un baro: la nostra relazione era necessariamente segreta. Ogni volta che m'infilavo nella sua cabina rischiavo di essere cacciata da tutti i casinò del mondo, ma per Jack ne valeva la pena. Era più vecchio di me di una decina di anni, forse quindici. Adorava le mie bugie e soprattutto, ogni volta che apriva bocca io rimanevo impalata ad ascoltarlo, perché era un vero saggio. Cosa rara per uno di quell'ambiente, di solito frequentato solo da uomini furbi e insignificanti.

«È stato lui a insegnarmi a pensare al futuro. "Il giorno che chiuderai con i casinò, se non sei preparata la vita ti prenderà a calci e sarà un inferno" mi ha detto una notte mentre navigavamo da Rotterdam a New York. "Non puoi aver vissuto in mezzo al danaro degli altri per finire a non averne di tuo. Noi non siamo fatti per tirare la cinghia nella stanzetta di un palazzone scalcinato nel bel mezzo di un quartiere altrettanto scalcinato. Meglio morire, allora".

«Aveva ragione. E io ho riflettuto, pianificato, studiato ogni minimo particolare. Quando sono sbarcata dall'ultima nave ero pronta. Sono scesa dalla passerella come una gran signora e mi sono trasferita qui a Rimini, il posto ideale per vivere ricca e sola rimanendo anonima. Ero stanca della gente. Ne avevo frequentata troppa. Volevo solo osservarla in silenzio, mantenere la giusta distanza dalle miserie umane. Invece la banca mi ha ingannata, e ora il mio tempo corre inesorabile verso la fine. Perché sa qual è la vera tragedia e, allo stesso tempo, l'ironia di questa storia?».

Il ladro, affascinato dal racconto, scosse la testa.

«Che nessuna menzogna sarà più in grado di salvarmi. Per la prima volta nella mia vita mi trovo con le spalle al muro. Non posso dire o fare nulla per rimediare. Posso solo attendere il declino e poi la fine. D'altronde la menzogna della banca è troppo grande, inattaccabile. Perfetta. Assoluta».

Lui era perplesso. Riempì di nuovo il bicchiere e sorseggiò lentamente per avere il tempo di riflettere.

«Piacerebbe a me avere i tuoi problemi» disse alla fine. «Comunque sulle banche hai ragione. Appena mi hanno licenziato sono andato in rosso e hanno cominciato subito a perseguitarmi manco fossi un delinquente. Però io non mi sarei fatto fregare. Derivati... dài, si capisce già dal nome che sono una patacca».

La donna scosse la testa, stava per ribattere ma in quel momento squillò il cellulare del ladro.

«È la Carla» annunciò lui.

La musichetta, inesorabile, lacerava il silenzio dell'appartamento come una sirena d'allarme.

«Risponda!» esclamò lei esasperata.

Lui obbedì sospirando. «Pronto… Se sono entrato?» farfugliò guardando la padrona di casa. Non sapeva bene cosa dire. La donna gli fece segno di rispondere di sì.

«Sì, sto ripulendo un appartamento… Scusa ma ero concentrato, stavo valutando un dipinto… Sì, cara mia, io di pittura un po' me ne intendo… Se c'è molto da portare via?».

Preso dal panico si rivolse ancora alla tedesca in cerca d'aiuto. Con un gesto pacato delle mani lei gli fece segno di non esagerare.

«C'è tanto buio ma vedrai che qualcosa di buono lo porto a casa» rispose il ladro. «Le bollette e la rata? Sì sì, ti giuro che le pagheremo. Adesso però lasciami lavorare».

Dopodiché interruppe la chiamata e sbuffando s'infilò in tasca il cellulare.

«Ma che scassamaroni la Carlina! Non ne posso più, sempre lì a distruggermi l'autostima! Ma non capisce che l'autostima è importante per chi fa un mestiere pericoloso? Dal barbiere ho letto di un domatore che per colpa della moglie che lo sminuiva sempre ha sbagliato una mossa mentre era nella gabbia delle tigri, e la sua cucciolona preferita lo ha sbranato. Hanno dovuto raccoglierlo col cucchiaino».

La tedesca, esterrefatta per l'ardire del paragone, alzò gli occhi al cielo. «Lasci perdere l'autostima e i domatori. Sua moglie è solo preoccupata. Terribilmente preoccupata. Lei è un perdente che rischia di trascinare a fondo entrambi, e ho l'impressione che la sua Carlina sappia di non potersi permettere un uomo migliore. Non deve essere più così giovane e bella da attirare l'attenzione di un maschio in grado di mantenerla. Ha scelto lei solo perché è più malleabile degli altri. Meglio avere un uomo che si può dominare di uno che non ascolta nemmeno».

Il ladro ebbe uno scatto d'ira. Le afferrò il mento stringendo forte.

«C'hai un modo di parlare, te, che ogni

parola fa male come uno schiaffo! Sei solo piena di veleno. Dici che racconti un sacco di bugie, ma a me pare che provi un gusto particolare a sbattere in faccia la verità».

La donna scoppiò ridere.

«Sono una croupier, lo sono sempre stata. Mi limito a osservare come lei e la sua Carlina vi state giocando la vita. Non è colpa mia se non siete dei professionisti. Vincenti e perdenti, l'umanità si divide in queste due categorie. Per far parte della prima la fortuna non basta, ma qui condividiamo un destino comune. Siamo tutti fottuti. Tutti».

Lui la lasciò andare.

«Tu no. È che non ti vuoi adeguare alla situazione. Vuoi fare la principessina a tutti costi e continuare a spendere diecimila euro al mese per poi finire sulla strada. E te ne stai pure al buio, distesa su un divano a piangerti addosso. Sei stupida, ecco quello che sei!».

«Non si permetta» ribatté la tedesca. «Io sono una *vera* principessa e non posso scendere di livello. Nel mio campo sono stata la migliore. Lei non ha idea della fatica che ho fatto per guadagnarmi il diritto a vivere come avevo deciso. Poi sono stata ingannata e ora su questo divano sto pensando al modo migliore di uscire di scena».

L'uomo la mandò a quel paese con un gesto secco della mano, sibilando alcune parole in romagnolo.

«Ma quante storie. Vorrà dire che te ne andrai da un parente, avrai pure una sorella o un nipote da qualche parte…».

«Chi trascorre la vita sulle navi non ha dimestichezza con le famiglie. E finisce per non averla affatto, una famiglia. I rapporti si sfilacciano, le lettere diventano cartoline, alla fine anche gli auguri per le feste diventano faticosi».

«E allora te ne tornerai in Germania in un bell'ospizio. I nostri non te li consiglio. Da poco ne hanno chiuso uno perché i vecchietti li prendevano a mazzate».

«Un ospizio? Meglio la morte. E comunque non sono così vecchia. Ho sessant'anni».

L'uomo fece una smorfia.

«In effetti sei ancora giovane per la casa di

riposo. Ma non perderti d'animo. Magari sei malata. Ci sono dei tumori al giorno d'oggi veloci come il vento. In fabbrica ne ho conosciuta di gente che neanche il tempo di accorgersene ed era già sottoterra».

«Io sono sana come un pesce».

Il ladro allargò le braccia esasperato in un gesto d'impotenza.

«E allora ammazzati. Finisci l'ultimo centesimo, distenditi su quel cazzo di divano e impasticcati per bene. Magari ti aiuti con un po' di quel liquore tanto buono ed è fatta».

«Il suicidio è un atto estremo di verità. Non puoi fare della menzogna un'arte e poi buttare via tutto in un attimo».

L'uomo si passò una mano sulla testa. Non aveva mai incontrato in vita sua una rompicazzo di quel livello. Aveva sempre la battuta pronta, non le andava mai bene nulla.

«E allora non c'è soluzione» tagliò corto. «Ti toccherà entrare nel club di noi sfigati e sbatterti come una matta per trovare i soldi per il cibo, le bollette e la rata della macchina».

Lei sul momento non ribatté. Chiuse gli occhi come se volesse concentrarsi, poi si alzò in piedi, li riaprì e li piantò in quelli dell'intruso. «Una soluzione ci sarebbe».

«Quale?».

La donna indicò alla sua sinistra.

«La finestra aperta».

«Non capisco».

«Un ladro trova la finestra aperta» iniziò a spiegare scandendo le parole. «Entra pensando che la casa sia vuota. Invece io sono distesa su questo divano, lo sorprendo, lui perde la testa e mi strangola con la mia sciarpa di seta».

«È tutta la sera che dico che sei matta, che sei strana, ma questa è grossa. Farti ammazzare sarebbe la soluzione di tutti i tuoi problemi?».

Lei annuì con un sorriso mesto. «La soluzione perfetta. Non ho alternative alla morte ma non devo essere io a procurarmela perché non ho fallito, sono stata ingannata. Deve farsene carico qualcun altro. Toccherebbe alla banca. Dovrebbe istituire un servizio di eliminazione a domicilio dei clienti destinati alla povertà perché raggirati, ma sospetto che non sia stato attivato perché comporterebbe solo spese, senza alcun guadagno».

«Se li lasci fare quelli ti fanno pagare anche l'aria che respiri. Comunque non capisco perché qualcuno dovrebbe farti il favore di ucciderti. Cosa gliene potrebbe importare?».

La donna si alzò e si avvicinò al cassetto dove il ladro aveva trovato un po' di contante. Lo aprì e lo richiuse un paio di volte.

«Sente come scorre bene?» sussurrò. «Non fa il minimo rumore. Ora è vuoto, ma già da domani potrebbero esserci centoventimila euro, il mese successivo centodiecimila… Prima entra il ladro, maggiore sarà il suo guadagno».

Lo sguardo della donna diventò ammiccante. Lui se ne accorse e scattò.

«Non ci pensare nemmeno. Non sono un assassino».

«In questo caso però la vittima sarebbe consenziente. E poi centoventimila euro vi aiuterebbero a superare questo brutto momento. Se lei e la Carlina non vi mettete a fare spese pazze potete tirare avanti più che dignitosamente per qualche anno».

Lui s'innervosì. «Smettila. Te lo ripeto: non sono un assassino».

«Dovrebbe parlarne con la sua Carlina» insistette lei.

«E perché?».

«Perché credo di aver intuito che tipo è la sua signora. Lei capirebbe che certe occasioni non si buttano via e la convincerebbe ad accettare».

«Guarda che nemmeno lei è un'assassina, e non è così stupida da non sapere che per certe cose si finisce in galera con l'ergastolo».

«È vero, ma io la aiuterei a pianificare ogni cosa. Non ci sarebbero errori».

«L'omicidio perfetto, insomma. Ma che ne sai tu?».

«Io? Io ho bazzicato i porti di tutto il mondo, ho conosciuto ladri e assassini, protettori e truffatori, e pure poliziotti e giudici corrotti. Conosco il crimine e i criminali. So come si uccide senza lasciare tracce».

«E allora chiama uno dei tuoi amici».

«Ormai sono fuori dal giro».

Il ladro raccolse la borsa e fece per andarsene.

«Non voglio più stare ad ascoltarti. Sei matta, te» borbottò turbato dandole le spalle. «Non finisco neanche di ripulirti l'appartamento, talmente sono sottosopra. Voglio solo andare via. Sono una persona sensibile, sai?».

Mentre l'uomo cercava le parole adatte in quella gran confusione che aveva nella mente, la donna gli si avvicinò e lo avvolse in un abbraccio.

Lui rimase immobile, colpito dal gesto. «Ma cosa fai?».

Lei si alzò sulla punta dei piedi e accostò la bocca all'orecchio dello sconosciuto. «Uccidimi, ti prego. Me lo merito».

L'uomo non si mosse. «Non ci penso proprio. E poi perché?».

«Perché il mondo non mi deve nulla».

«Che significa? Non capisco».

La tedesca gli si avvinghiò con una forza

inaspettata. «Ho dedicato tutta la mia vita a fottere il prossimo e ora mi faccio orrore. Non ho crediti da riscuotere. Di alcun tipo. Sono sola, non ho nessuno. Il mio è stato un fallimento completo. Solo il denaro ha potuto mascherare la miseria della mia esistenza perché mi ha permesso di consumare il tempo comprandolo. Ma tra un anno non potrò più farlo. La realtà è troppo spietata, non riesco più a vivere».

Il ladro, deciso ad andarsene al più presto, cercò di liberarsi dall'abbraccio della donna.

«Ti prego, non farlo. Ascoltami, sono disperata».

Lui lasciò cadere a terra la borsa con la refurtiva, le prese le mani e le staccò con dolcezza. Poi si voltò e se la trovò di fronte. I loro volti erano vicinissimi. Le labbra della croupier sfiorarono quelle dell'uomo.

«Rimani qui con me».

Si baciarono con dolcezza. Lui era indeciso, ma la lingua della tedesca si insinuò nella sua bocca e gli fece capire quanto era bello. Lei gli slacciò la cintura e lui le accarezzò il seno. Si toccarono a lungo prima che lei lo invitasse a distendersi sul divano. Il cazzo del ladro scivolò dentro di lei e iniziò a muoversi piano.

Dopo qualche istante il cellulare del ladro riprese a squillare. La musichetta risultò, se possibile, ancora di più lacerante e fuori luogo. Per una volta lui decise di ignorare la chiamata e i due continuarono ad amarsi.

«Uccidimi, ti prego» sussurrò lei. «Liberami. Liberami. Liberami».

Il ladro tacque, rispondendo alle suppliche della donna con il vigore del proprio corpo. Sembrava volesse zittirla travolgendola di sesso. Ma lei ebbe la meglio e l'uomo si abbandonò sconfitto sul suo corpo per poi scivolare a terra.

Il cellulare ricominciò a squillare. Dopo un po' lui rispose.

«Cosa c'è? Sto lavorando e mi chiedi perché non rispondo? Ma perché chiami? Lo sai che mi dà fastidio, mi distrae ed è pericoloso… Comunque non ho sentito o forse avevo da fare. Sì, sono ancora dentro. Come che faccio? Rubo, Carlina, rubo… Non ti devo parlare così? Ma va' a cagare».

Il ladro chiuse la telefonata. «Io la lascio quella» biascicò senza convinzione.

«Richiamala e chiedi scusa» disse la donna.

«No».

«Non essere stupido. Se non lo fai continuerete a litigare tutta la notte. E lei alla prossima telefonata vorrà sapere dove ti trovi e se non glielo dici si convincerà che le stai mentendo e ti metterà alle strette, umiliandoti».

L'uomo si sollevò da terra e sedette sul bordo del divano. «Ti sei decisa a darmi del tu» constatò con dolcezza. «Lo sai che mi faceva strano sentirmi dare del lei? Però mi piaceva, una sensazione nuova… Com'è che ti chiami? Il mio nome è Adelmo».

«Siamo arrivati alle presentazioni?» chiese lei, recuperando all'improvviso tutta la propria freddezza.

«Non ti pare che siamo abbastanza intimi adesso?».

Lei si rassegnò, convinta che il ladro non le avrebbe dato tregua. «Mi chiamo Lise».

«Bel nome» approvò lui. «E anche tu sei bella. Ti sei conservata bene, sei soda. Niente figli e tanta palestra, vero?».

«E saloni di bellezza, creme, massaggi e un po' di chirurgia qua e là. Fermare l'avanzata inesorabile del tempo è una guerra di trincea» aggiunse lei con saggezza.

Lui alzò le spalle. Non aveva capito il senso della frase ma poco importava. Sorrise prima di iniziare ad accarezzarla con gesti timidi e goffi.

«Sembri tanto sicura. Invece sei confusa. Come me» disse. «Sei solo un po' depressa. Come me. Devi prendere qualche medicina, come me, e la vita ti sembrerà meno dura. E poi devi smettere di stare qui al buio sul divano, è questo che ti fa venire brutti pensieri di morte. Esci, vai a ballare. Troverai subito uomini che ti faranno la corte».

Lise si mise seduta. Si ricompose con movimenti lenti e misurati.

«Domani mattina vado in banca a ritirare il denaro. Lo metterò nel cassetto» annunciò in tono glaciale.

Adelmo si alzò di scatto. «Ancora con 'sta storia. Smettila!».

«Io sarò qui, pronta» continuò lei implacabile. «Due minuti e quei soldi saranno tuoi».

Il ladro decise di non prenderla sul serio. Improvvisò una risatina. «E sai io cosa faccio invece? Me li prendo e ti lascio lì, viva e senza il becco di un quattrino».

«E io ti denuncio. E ti mando in galera, Adelmo. E già che ci sono anche la Carlina».

Lui spalancò la bocca per la sorpresa. «Ma come fai a dire cose così brutte? Abbiamo appena fatto l'amore».

«Io però alla polizia dirò che mi hai violentata. Alla fine ti ritroverai a scontare un lunga pena».

«Che carogna che sei!».

«Sì, è vero. Lo sono sempre stata. Dentro sono marcia, malvagia. Per questo merito di morire».

Adelmo la fissò. Le parole le uscivano di bocca come martellate sull'incudine. Violente, implacabili. Da togliere il fiato.

«Ti devi perdonare. È arrivato il momento di farlo» disse a voce bassa. «Tutti nella vita facciamo cazzate, commettiamo errori, e quando ci guardiamo indietro ci manca il respiro per quanto siamo stati stupidi o cattivi o ingenui. Ma è proprio quello il momento in cui bisogna dire: "Io mi perdono" e subito dopo voltare pagina, ricominciare a vivere.

«Io l'ho fatto, anzi lo faccio continuamente, perché una vita io la voglio. Non mi è mai andata bene, sono uno sfigato, ma non più di tanti altri. Campare, è vero, è un'infinita rottura di maroni, ma magari succede qualcosa, hai un colpo di fortuna e tutto cambia. Ogni giorno può essere quello giusto. E comunque io ho una paura fottuta di morire. Preferisco vivere così».

Lise indicò il cassetto. «E allora torna a prendere i soldi e goditi la tua vita. Hai pure la formula magica: "Io mi perdono". Ti peserei sulla coscienza solo il tempo di recitarla».

Adelmo non ribatté, non aveva più parole. Afferrò la borsa e si allontanò senza voltarsi. Era così sconvolto che non gli venne in mente di uscire dalla porta. Saltò giù dalla finestra e sparì nella notte.

Lise rimase sola. La casa era avvolta da un silenzio quasi assoluto. A lei non dispiaceva. Le sembrava che il tempo rallentasse. E lei del tempo ormai aveva solo paura. Andò in bagno e riempì la vasca di acqua calda: sali, saponi e profumi. S'immerse in una schiuma alta e soffice.

«Di meglio non mi potevo aspettare da una finestra aperta» disse. Da un po' di tempo aveva iniziato a parlare da sola, le faceva bene immaginare di avere di fronte un interlocutore. «Solo i disperati vagano alla ricerca dell'occasione giusta. Quanti ne ho visti aggirarsi furtivi tra i tavoli da gioco, le mani che stringono le *fiches* come pietre preziose, i volti che tradiscono l'aspettativa di lasciarsi alle spalle le miserie di un'esistenza con un colpo di fortuna che non arriva mai. Li ho sempre disprezzati. Mi sembrava giusto punire la loro dabbenaggine. Il mio sorriso incoraggiante li convinceva a giocare ancora, faceva loro credere che una mano sfortunata non significasse nulla.

«La gente pensa che siano i ricchi – ereditieri, industriali, petrolieri, attori e cantanti – le vere star dei casinò. E invece no, loro fanno parte della scenografia. Le vere star sono la massa di donne e uomini che arrivano con i soldi contati. Soldi guadagnati, prestati o rubati, cambia poco. È per loro che mi esibivo ogni sera. Per ricacciarli nello squallore della loro esistenza.

«E ora ho bisogno di uno di loro per togliere il disturbo. Questo Adelmo mi sembra un esemplare perfetto, frutto di una lunga selezione sociale e familiare. Un brav'uomo, a suo modo onesto e persino simpatico nella sua semplicità, ma destinato a una vita del tutto priva di qualità. Maledettamente faticosa. Per questo sono certa che tornerà».

Si coprì il collo di schiuma. Poi iniziò a massaggiarsi prima piano, poi con vigore crescente, fino a mimare lo strangolamento.

«Uccidermi è l'unica mano fortunata della sua esistenza. Non ne ha avute prima e non ne avrà altre dopo. Questo è il suo momento. Poi i soldi gli scivoleranno tra le mani come sabbia, ma questa è un'altra storia. Io stessa mi sono fatta fregare come una stupida. E pensare che in tutta la mia vita nessuno era mai riuscito a derubarmi di un solo centesimo».

Le venne da piangere. Affondò la testa nell'acqua per scacciare le lacrime. «Basta. Basta… Se continuo a pensarci diventerò pazza. Ma forse lo sono già. Fare l'amore con un ladro, beh, anche questo potrebbe essere un sintomo. Non è la prima volta che apro le gambe per uno scopo diverso dall'amore e dal desiderio di sesso, ma devo confessare che non sono rimasta completamente indifferente. Sono contenta che sia lui a risolvere il problema.

«Adelmo è forte e appassionato. E quando stringerà la mia sciarpa lo sarà anche di più perché vorrà fare in fretta. Io chiuderò gli occhi. Quando mi seppelliranno Rimini si staccherà dalla terra e andrà alla deriva per l'eternità».

Lise sorrise indulgente.

«Lo so che non accadrà veramente, ma io la morte la immagino così. Una barca alla deriva.

«Stavamo navigando a sud della Nuova Zelanda. Una crociera lunga e pigra. Un marinaio che scrutava il mare con un binocolo avvistò un canotto spinto dalla corrente. La nave deviò per portare soccorso. Mi unii ai curiosi sul ponte di prua, vidi un uomo disteso a braccia aperte sul fondo della minuscola imbarcazione. Era morto. Il corpo si muoveva al ritmo delle onde. Sembrava che il mare volesse cullarlo. Provai pietà, ma anche un grande senso di pace. Da quel giorno ho immaginato la morte come un andare alla deriva.

«Per questo ho scelto un luogo di mare per la mia vecchiaia. Anche se allora non avevo nessuna intenzione di morire. Il mondo era tutto per me, potevo andare ovunque, ma qui a Rimini è nato Ferdinando. Il mio Ferdinando.

«L'avevo conosciuto sulla crociera delle vedove lungo l'East Coast. La chiamano così perché è frequentata dalle signore americane che hanno appena riscosso l'assicurazione del marito e si concedono una vacanza per riprendersi dalle fatiche della vita coniugale.

«Ferdinando Semprini, di Rimini, le faceva impazzire. Era irresistibile quando ballava il mambo. Una tizia di Chicago una volta lanciò un urletto e lo chiamò Ferdimambo. Da allora fu Ferdimambo per tutte. Anche per me. Ma io non pagavo per stare con lui. Mi amava. Tanto. Tantissimo. Eravamo la coppia perfetta: una croupier disonesta e un gigolò romantico.

«Lo vedevo con le sue vedove e diventavo pazza di gelosia. Così, quando me le ritrovavo al casinò, cercavo di vendicarmi succhiando loro tutti i soldi in modo che non potessero più comprare il suo tempo. E il suo corpo. Ma con lui, la notte, dimenticavo tutto. C'eravamo solo noi.

«Faceva l'amore come ballava. E poi mi faceva ridere. Nessun uomo ci è più riuscito. Ma perché è così difficile trovare un maschio che capisca che far ridere le donne è fondamentale per loro? La risata delle donne è benedetta, ma gli uomini lo ignorano.

«Gli uomini. Ne ho amati tanti ma non li ho mai capiti fino in fondo. Hanno molti pregi ma alla fine sono capaci solo di deludere. Se sei fortunata nella vita di accettabile ne incontri uno. Che puoi ricordare senza fare la conta di tutte le volte che ti ha trattata male o non ti ha capita. Ferdimambo è stato il mio unico, vero amore. Mi piacerebbe che non fosse mai finita, che lui ora fosse qui. Mi avrebbe protetto dalla banca perché lui le donnacce le conosce bene e avrebbe fiutato la trappola. Ma è capitato che ci siamo perduti in un porto. Siamo sbarcati e poi non siamo più risaliti sulla stessa nave».

Lise uscì dalla vasca e si infilò l'accappatoio.

«Il destino di coloro che decidono di trascorrere in mare la loro esistenza» spiegò guardandosi allo specchio. «Ero convinta che lo avrei incontrato ancora e ho inseguito voci che lo segnalavano su una rotta e poi su un'altra. Ogni volta che mi imbarcavo lo cercavo nei saloni dove i gigolò si mettevano in mostra ma lui non c'era.

«E allora, quando sono sbarcata dall'ultima traversata, sono venuta qui. I primi tempi chiedevo in giro. Discretamente, s'intende. Nessuno però lo conosceva o ricordava di averlo incontrato. E allora ho smesso di sperare di trovarmelo davanti all'improvviso ed essere travolta dalla sorpresa e dalla felicità.

«Me lo immagino oggi con i capelli e i baffetti tinti ballare il mambo con movenze meno accentuate ma sempre sensuali. Irresistibile come allora».

I piedi della tedesca iniziarono a muoversi a ritmo. «Prima il sinistro, poi il destro. Marcare le otto battute del tempo. Le mani si devono muovere sempre in modo opposto ai piedi. Un passo avanti, uno indietro, battere le mani due volte».

I passi si trasformarono in danza. Puro mambo. Poi lentamente si fermò e si asciugò i capelli. Si vestì di tutto punto e tornò a stendersi sul divano. Sistemò la sciarpa e spense la luce. Ferdimambo le fece compagnia ancora per un po'.

In quel momento Adelmo usciva dal bar che frequentava da sempre. Si era fatto un paio di brandy tenendo la borsa con la refurtiva sotto il tavolino e cianciando con i clienti abituali. Che non erano amici veri, ma nemmeno sconosciuti. Anche se non avevano mai affrontato un discorso serio o scambiato una confidenza facevano parte della sua vita. E lui della loro.

Gli amici del bar sono una realtà concreta. Gli amici del cuore pura fantasia, invenzioni letterarie o cinematografiche. Adelmo ne era certo.

Liberò la bicicletta dal lucchetto e la inforcò sistemando il malloppo sul manubrio. Rimini è una delizia da percorrere in bici. C'è un momento della notte davvero magico, quando i venti si incrociano e l'aria sa di mare e di campagna.

Il ladro se ne riempì i polmoni, certo che fosse un toccasana anche per le pene dell'anima. Avvertiva prepotente il bisogno di riflettere, di tirare le somme sull'incontro con la tedesca. Ma i pensieri giravano troppo veloci e non c'era verso di fermarli.

Il cellulare iniziò a squillare. Per la seconda volta in quella notte Adelmo non rispose. Iniziò a cantare sulle note della suoneria a voce alta, a tratti anche sguaiata.

…E fingersi felici di una vita che non è come vogliamo
E poi lasciare che la nostalgia passi da sola
E prenderti le mani e dirti ancora
Sono solo parole
Sono solo parole
Sperare che domani arrivi in fretta
e che svanisca ogni pensiero
Lasciare che lo scorrere del tempo
renda tutto un po' più chiaro
Perché la nostra vita in fondo
non è nient'altro che un attimo eterno
un attimo tra me e te…
Nananananananana…

Fu sul ritornello che un groppo in gola gli tagliò la voce. L'ultima strofa dovette sussurrarla.

Me le sento un po' mie le paure che hai
Vorrei stringerti forte e dirti che non è niente.

Poi rimase solo il rumore della catena che girava nel carter. Lieve. Adelmo non scordava mai di oliarla perché gli avevano insegnato che la bicicletta era importante nella vita di un romagnolo e andava curata come meritava.

All'improvviso la voce gli uscì dalla bocca.

«Cosa mi succede?» chiese alla strada deserta. «Mi viene pure da piangere e non so perché. So solo che è per via di quella tedesca. Quella è solo una matta, una straniera che ha perso le rotelle girando il mondo. Una in Cina e l'altra in Giappone. Vuole che l'ammazzi per centoventimila euro. Ma qui siamo a Rimini, certe cose non succedono. No, bugia, succedono eccome. E un'altra bugia è stata fingere che l'offerta non mi interessasse. Perché i calcoli si fa in fretta a farli. Se la Carlina e io spendiamo duemila euro al mese, facciamo duemilacinquecento, dài, che è una cifra che ci permette di vivere dignitosamente, con tutti quei soldi tiriamo avanti quattro anni senza nessuna preoccupazione. E per allora sarà ben finita la crisi. È vero che avremo un'età che non è che le ditte si strapperanno i capelli per assumerci, ma magari ci viene un'idea e investiamo. Nella ristorazione, ad esempio, che va tanto di moda. Una volta i bambini volevano diventare astronauti, adesso sognano di fare gli chef. E la Carlina è tanto brava a preparare le piadine... E poi la matta, come si chiama, Lise, non ha calcolato il resto dei gioielli che ha nascosto da qualche parte. Se sono come quelli che ho portato via valgono un botto.

«Mica li darei al Biagio, nel caso dovessi tirarle il collo. Aspetterei un po' e li piazzerei nei compro oro. Vado a Milano o a Roma e quelli non stanno certo a guardare... Sempre se dovessi accettare...

«Se lo racconto alla Carlina quella mi manda di corsa. Ha ragione la tedesca: la mia donna non ce la fa più. Ogni giornata che passa, lei sfiorisce. L'ansia, il lavoro. Non ha avuto le possibilità della croupier di tenersi in forma...

«Certo che per l'età che ha mi sono fatto una bella scopata. Non avrei mai creduto. Il mio papà aveva proprio ragione quando mi diceva che le donne sono belle a tutte le età. Lui si riferiva alla mamma. Io gli chiedevo: "Ma non sei stanco di fare l'amore con la stessa donna? Non ti andrebbe di trombare un bel puttanone?". E lui mi guardava come se fossi scemo.

«"Ma certo che mi piacerebbe andare a letto con una bella figa giovane" rispondeva. "A Rimini ce ne sono così tante da farti venire il mal di testa. Ma tua madre non ha niente che non va. Siamo anche coetanei". Ecco, qui sta la differenza: io di anni ne ho almeno dieci di meno di quella Lise però mi è piaciuto tanto. E la Carlina ne ha compiuti quarantadue ma non è così soda, liscia. La tedesca c'ha perfino il pelo della patatina soffice come bambagia.

«Ma porca miseria, no, non ci credo... mi sta tirando il cazzo. Robe da matti, meglio che smetta di pensare a quella lì sennò arrivo a casa infoiato come un toro da monta e salto addosso alla Carlina, che di aprire le gambe non ci pensa proprio perché è incazzata e poi tra un po' se ne deve andare al lavoro e scopare le fa venire le gambe molli.

«Certo che è strana la vita. Non avrei mai pensato di incontrare una tizia che mi vuole pagare per farsi strangolare. E insiste anche, per convincermi. Del resto gli argomenti non le mancano perché è vero che se ammazzi una che vuole che proprio tu l'ammazzi non è omicidio. Per la legge sì, è ovvio, se ti pizzica ti manda in galera e butta via la chiave, ma non per la tua coscienza. È un atto umanitario, praticamente. Non fanno anche le guerre umanitarie? Non buttano le bombe in testa ai civili per portare la pace? E quindi sarebbe un atto umanitario perché porterei finalmente la pace eterna nella sua vita. Vacca boia, sto anche diventando filosofo».

Al momento di imboccare la strada di casa deviò di colpo. Non aveva nessuna voglia di vedere la Carlina e di perdere tempo a litigare e di intristirsi con i soliti discorsi sui soldi. Ora i pensieri giravano bene nella mente e i conti iniziavano a tornare.

2

La sera seguente Adelmo si sedette sulla stessa panchina di viale Principe Amedeo. Voleva vedere se la finestra era davvero sempre aperta come aveva detto Lise. E lo era. Ma non era l'unica ragione. Aveva pensato alla tedesca tutto il giorno, rimanendone talmente preso che alla Carlina erano saltati i nervi e gli aveva tirato un ceffone. Uno di quelli cattivi, che fanno male.

Lui aveva allargato le braccia sconsolato. «Che c'è? Non ho portato a casa un bel po' di soldini stanotte?».

Lei aveva annuito. «E vorrei vedere! Ma mi fa girare i maroni quella faccia imbambolata che ti porti dietro. Sembra che tu abbia la testa piena di sogni».

«E anche se fosse?».

«Qui» aveva detto indicando il pavimento, «nessuno se la può permettere. Soprattutto tu».

Era tornato sotto casa di Lise fingendo di resistere alla tentazione di scavalcare il cancello. Rispettò il rito della canzone propiziatoria ma fu più veloce nell'esecuzione del brano. Aveva fretta di entrare. Gli sembrava di vivere un'avventura unica e necessaria allo stesso tempo.

Si fermò più a lungo nel bagno e rovistò negli armadietti, sgraffignando una boccetta di profumo che di certo non arrivava dagli scaffali di un grande magazzino. Indugiò nel corridoio qualche istante, poi accese la torcia e si diresse verso il salotto.

Il lampadario illuminò la stanza non appena Adelmo ci mise piede. La tedesca aveva cambiato vestito e trucco ma non la sciarpa, che ora sembrava stonare avvolta a quel collo sottile e delicato.

La donna alzò appena il capo, accennando un sorriso che subito si spense per lasciare posto a una smorfia di amara delusione.

«Non sei contenta di vedermi?» chiese il ladro sorpreso dalla reazione.

«Sei senza guanti e cappello, stupido!» rispose irritata. «Mi ero tanto raccomandata».

Lui si guardò le mani stupito. Poi capì. «Ma no, non sono venuto per *quella* faccenda».

«E allora cosa sei venuto a fare?».

«A vedere come stai, no? Ma non sei contenta che mi stai a cuore?».

«Preferirei pesare brevemente sulla tua coscienza con il mio cadavere fresco di strangolamento».

«Secondo me stasera non sei di buonumore».

«Lo ero. Mi illudevo che saresti venuto vestito di nero, un berretto di lana calato sulla fronte, una sciarpa che ti nascondeva parte del volto. Solo gli occhi scoperti. Limpidi, sereni, rassicuranti. E prima di afferrare i lembi della sciarpa mi sussurravi una bella frase. Una di quelle in grado di cullarti mentre abbandoni la vita».

«Ma tu pensi davvero che mi verrebbe in mente qualcosa di intelligente da dire mentre commetto un omicidio?».

La donna si arrese all'evidenza. «No».

Adelmo le strizzò l'occhio e tirò fuori dalla tasca un mazzo di carte. «Ascolta me, invece, che sono un uomo che sa il fatto suo. Guarda un po' questo mazzo. È la soluzione di tutti i problemi. Tu mi insegni i trucchi e io inizio a battere le bische della zona e a farmi un nome come giocatore. Tu finanzi le partite e poi dividiamo. Guadagno assicurato» disse tutto in una volta. Si era preparato il discorso mentre arrivava in bicicletta.

Lei gli strappò il mazzo di mano e lo annusò. Poi lo gettò a terra, spargendo ovunque picche, quadri, fiori e cuori.

«Cinesi» sibilò. «In casa mia non la devi portare certa robaccia».

Lui accusò il colpo ma non si arrese. «Va bene. E della mia idea che dici? Iniziamo stasera?».

«Ma se non sai neanche comprare un mazzo di carte!» sbottò la tedesca in tono astioso. «Giocatori non ci si improvvisa e prima di tutto bisogna esserlo qui» aggiunse toccandosi la testa. «E tu qui non hai nulla, altrimenti saresti venuto con i guanti, avresti fatto quello che dovevi».

L'uomo sospirò rassegnato. Con quella non c'era niente da fare. Non le andava mai bene nulla. Aveva pronto un piano B ma la curiosità lo spinse a guardare verso il cassetto. Lo indicò con un gesto appena accennato.

«Sono là?».

«Certo che "sono là"».

Adelmo si avvicinò e lo aprì con delicatezza. «Miseriaccia ladra! Guarda quante sono».

«Non provare ad allungare le mani» lo ammonì lei con voce gelida.

«Volevo solo vedere. Quando mai le ho viste tante banconote tutte insieme?».

«Chiudilo!».

Lui obbedì con un gesto secco. Era arrivato il momento di illustrarle l'affare del gioco d'azzardo da un altro punto di vista. «Comunque, continuando il discorso di prima, se io non sono adatto a giocare puoi farlo tu. Mi dài una percentuale per le partite che ti organizzo».

«E dove me le organizzeresti? Al bar all'angolo? Nel retro della salumeria? Al dopolavoro ferroviario?» domandò sarcastica.

«Guarda che girano bei soldi».

«Sono giri da poveracci e poi io non ho

mai giocato una sola partita a dadi o a poker in vita mia».

«E perché?» chiese l'uomo, sinceramente sorpreso.

«Perché ero una croupier».

«Capisco».

«No, non capisci. E non capirai mai. Cosa sei venuto a fare veramente?».

«A vedere il denaro» ammise il ladro abbassando lo sguardo.

«La tentazione è forte, eh?».

«Mi mangia dentro. Non faccio altro che pensarci. Mi faccio tanti di quei discorsi in testa ma alla fine il risultato è sempre lo stesso: fallo! Perché se un omicidio è una cosa grande, enorme, che fa paura... questo è facile facile».

«Non ne hai parlato ancora con la tua Carlina, vero?».

«No».

«E perché?».

«Perché poi mi fa fare quello che vuole lei. E magari non è quello che voglio fare io».

«È il vostro rapporto che funziona così»

sentenziò stancamente la tedesca mettendo-
si a sedere.

«Lo so. E mi va bene, l'ho lasciata fare fin
dall'inizio. Ma questa è una faccenda speciale. E voglio decidere da solo».

«Non puoi farlo».

«E perché?».

«Che fai, torni a casa con centoventimila
euro e le spieghi come te li sei guadagnati?
Hai idea di quello che potrebbe succedere?».

«Non succede nulla se la Carlina non viene a saperlo».

«Non essere ridicolo».

Lui si avvicinò al divano, si sedette al suo
fianco e le prese una mano.

«Non è questo che voglio da te» chiarì lei.

Il ladro la lasciò andare. Poi ci ripensò e
iniziò ad accarezzarla. «Allora hai proprio deciso?» chiese indicando con il mento il cassetto che conteneva il denaro.

«Sì».

«Tutti i discorsi che ti ho fatto l'altro giorno non sono serviti a niente? Perché non ti
perdoni?».

«Posso anche farlo. Il problema che non ha soluzione è che il mondo non mi deve nulla. Sono fuori dai giochi».

«Non ti capisco mica, sai?».

Lei alzò le spalle prima di tornare a distendersi sul divano. «Vattene. Lasciami sola».

«Ma non vuoi un po' di compagnia?».

«No. Cerchi di farmi cambiare idea per avere la scusa di non farlo. Di non cedere alla tentazione in cui stai sprofondando».

«Un po' è vero» ammise l'uomo.

«Parla con la tua Carlina. E non dimenticarti guanti e cappello» tagliò corto la tedesca spegnendo la luce.

Lui rimase impalato per un po', poi tirò fuori dalla tasca la torcia e ancora una volta scordò di usare la porta per uscire dall'appartamento.

3

Era stata una giornata difficile. La Carlina si era infuriata per l'esiguità del bottino.

«Un cazzo di profumo consumato a metà. Chi vuoi che lo compri?» aveva urlato prima di tirarglielo addosso con forza ma scarsa precisione.

La boccetta si era frantumata al contatto con la parete e ora nella stanza la presenza di Lise era palpabile. Adelmo faticava a controllare un'erezione che rischiava di diventare dolorosa.

«Facciamo l'amore» aveva supplicato.

«No».

«Ti prego».

«No».

«Ti prometto che torno a casa con la borsa piena. Rubo meglio se non c'ho questo chiodo in testa».

Lei, per mettere fine ai capricci del suo uomo, era diventata sgradevole. «Non ne ho voglia, Adelmo. Sono stanca e preoccupata, e in questo momento non sei in cima alla lista dei miei desideri. E poi ti conosco, quando stai così diventi più veloce di Speedy Gonzales e ti diverti solo tu. Se proprio insisti ti posso mostrare un attimo le tette così ti chiudi in bagno e te lo smeni per bene. In fondo cosa c'è di meglio di una bella sega?».

Il turgore nelle mutande di Adelmo svanì in un lampo. Non gli rimase altro che rinunciare alla compagnia della sua signora e uscire di casa per andare a caccia di refurtiva.

I buoni proposti erano durati giusto il tempo di raggiungere il bar. Vi aveva trascorso le ore che lo separavano dal tramonto bevendo e chiacchierando, ma non sarebbe stato in grado di ricordare una sola parola perché in mente aveva solo lei: Lise.

Quella sera la panchina era occupata. Una coppia di sbarbatelli limonava con passione. Il ladro li osservava con attenzione chiedendosi se quando era giovane avesse trascorso anche lui così tanto tempo a strofinare la lingua contro quella delle ragazzine. Baciare gli era sempre piaciuto ma così gli sembrava esagerato e leggermente noioso. Frugò nella memoria alla ricerca dei primi amori e gli venne in mente la Faustina. Sì, anche lui era stato come quel ragazzo, che tentava di allungare la mano sul culo della sua fidanzatina mentre lei lo teneva a bada con colpetti misurati.

Dopo un po' Adelmo si stufò di quell'attesa snervante e recitò la parte del barbone. Funzionava sempre. «Oh, ci devo dormire io qui!» sbraitò in romagnolo. «Se volete stare sulla mia panchina dovete sganciare un po' di spiccioli».

I due sbuffarono e si allontanarono abbracciati. Lui attese che scomparissero, poi spostò lo sguardo sulla finestra. Era aperta. Attese che l'ultimo autobus della sera percorresse pigramente il viale, raccolse quello che aveva appoggiato con cura su un muretto e saltò nel giardino.

Ormai conosceva la strada e raggiunse il salotto senza l'aiuto della torcia. Quando Lise accese la luce lui sfoggiò un gran sorriso e le offrì il mazzo di fiori che aveva acquistato da un ambulante cingalese a un semaforo.

«Ti chiedo la cortesia di una bugia» lo accolse lei. «Di' che quei fiori sono per la tua Carlina».

«Devo proprio?» domandò lui mortificato.

«Per favore!».

«Sì, questi fiori sono per la Carlina» mentì il ladro con finto trasporto. «Quando li ho visti non ho resistito alla tentazione di comprarli, ma dato che passavo qui davanti me li sono portati dietro».

La tedesca sospirò. «Quando menti non fornire troppi particolari. Rendono meno credibile la menzogna. E comunque se un uomo si presentasse con un mazzo così brutto lo caccerei in malo modo. Il binomio donne-fiori è una cosa seria».

«Per fortuna che sono per la Carlina, allora» disse lui mentre si guardava attorno alla ricerca di un vaso. «Dove posso metterli?».

«Da nessuna parte. Perché lo so che poi te li dimentichi».

«Sono certo che non mancheresti di ricordarmeli».

Adelmo li gettò sul tavolino. «Sono davvero tanto brutti?».

«Sì, ma non sei in condizione di imparare e migliorare. Non possiedi né i mezzi né un livello culturale adeguato» rispose lei con quel suo tono implacabile. «Tu non sei un uomo da fiori, profumi e vestiti. Rassegnati. Tu sei da cioccolatini. Devi andare in una buona pasticceria e farti consigliare. Evita le marche da supermercato».

«Un uomo da cioccolatini… detta così sembra un'offesa».

«È una via di mezzo tra la lezione di vita e il consiglio» ribatté Lise nel vano tentativo di addolcire il tono.

Il ladro annuì pensoso, fissandola. Poi tirò fuori dalla tasca del giubbotto un pacchetto di sigarette.

«Qui non è permesso fumare».

Lui finse di non aver sentito e fece scattare l'accendino. «Sei arrabbiata con me perché non ti ammazzo, vero?».

«Mi sembra evidente. Ti presenti pure con i fiori e mi toccherà gettare lontano il tuo mozzicone per evitare che la polizia lo trovi e ne ricavi il Dna».

«Ma te sei fissata con 'ste indagini».

«Non posso permettermi di essere svergognata dopo morta».

«In che senso?».

«Dobbiamo evitare che la polizia immagini anche lontanamente la tua esistenza. Tu confesseresti tutto al primo interrogatorio. Non resisteresti nemmeno dieci minuti».

«Hai ragione. Le divise mi hanno sempre fatto paura» ammise lui in un impeto di sincerità. «Una volta andavo ai cortei sindacali ma i celerini di adesso danno certe mazzate che non mi sono fatto più vedere. E anche la galera mi fa paura. Io non sono un duro. Non lo sono mai stato. A me piaceva la vita tranquilla. Lavorare e divertirmi. La fabbrica, le donne, la balera, l'osteria, la partita, la televisione… Ma lo sai che se non mi avessero licenziato sarei vissuto e sarei morto senza nemmeno accorgermene?».

«Non ne ho il minimo dubbio» commentò Lise con il tono di chi la sa lunga.

«E il bello è che a me sarebbe andata bene così. Non c'è niente di male a volere una vita normale. Con le sue gioie e i suoi dolori, ma con la sicurezza che non ci saranno mai delle sorprese. Mai felice ma nemmeno mai disperato. Con la crisi, invece, mi sono ritrovato in un tritatutto. Da un momento all'altro non ero più niente. Non ero più nessuno».

«Lo capisco. Ed è per questo che devi accettare la mia proposta. Per una volta nella vita hai l'opportunità di scegliere, di giocarti il futuro».

Lui alzò le mani per interromperla. «Basta con questi discorsi. Non sono venuto qui con i fiori per parlare di quant'è importante per la mia vita tirarti il collo».

«E allora perché sei venuto?».

«Volevo essere galante, corteggiarti. Mi piacerebbe tornare a distendermi su quel divano, vicino a te».

«Ho fatto sesso con te solo per impedirti di andartene».

«Mentre lo facevamo continuavi a ripetermi: "Liberami, uccidimi". E io non voglio che sia questo il ricordo dell'ultima volta che hai fatto l'amore».

«E chi ti dice che la penultima sia stata migliore?».

«Nessuno. So solo che sono a disagio. Fare l'amore con te mi è piaciuto così tanto che mi piacerebbe rifarlo, ma allo stesso tempo mi è sembrato brutto» disse fendendo l'aria con un gesto di rabbiosa impotenza. «Maledizione, non so spiegarmi».

«Non importa, ho capito. Io problemi con i ricordi non è ho, dato che non vedo l'ora di cancellarli per sempre. È con Carlina che devi andare a letto».

Adelmo si alzò e si servì da bere come se fosse a casa sua. «A me la Carlina piace. È lei che non si piace» iniziò a spiegare. «Continua a guardarsi allo specchio e dire: "Ecco, sto diventando brutta e vecchia", ma a me hanno insegnato che la tua donna è la tua donna e la ami così com'è. Mio papà e mia mamma hanno fatto cigolare le molle del letto fino a quando lui non è morto. E l'ultima volta che l'ho visto in ospedale mi ha detto: "Eppure un'ultima chiavatina me la farei volentieri". Invece con la Carlina quando riesco a convincerla vuole spegnere la luce. Mi fa stare male. Mi fa venire i sensi di colpa. È convinta che se avessimo i soldi lei potrebbe essere bella e tutto tra noi sarebbe diverso».

Lise gli fece cenno di versarle del liquore. «Io ho sempre usato tutti i trucchi possibili per essere desiderata dai maschi. E non avrei mai voluto essere come tua madre e tantomeno come la Carlina».

«E allora?».

«E allora nulla. Il discorso finisce qui».

«Quindi è inutile che ci speri».

«Ti ringrazio di avermi preso in considerazione, ma non sono disposta a giacere con te, né ora né in futuro».

«Giacere» ripeté lui con amarezza. «Mi parli così per farmi girare i maroni e fare in modo che strangolarti sia l'unico modo per tapparti la bocca».

Lei liquidò il discorso con un cenno della

mano. «Non stasera, mio caro, ci sono le tue impronte dappertutto. Domani dovrò dire alla cameriera di strofinare con maggiore lena».

Il ladro tirò fuori la borsa di tela cerata col marchio Coop.

«Cosa stai facendo?» chiese la tedesca sospettosa.

«Ho detto alla Carlina che andavo a rubare. E con qualcosa devo pur tornare a casa».

«Stasera non ho voglia di essere derubata. In quel cassetto ci sono centoventimila euro. Torna domani, afferra i lembi di questa sciarpa e tira con la giusta forza. Adesso però togli il disturbo».

«Ma come fai a farla così facile?» si ribellò l'uomo esasperato. «Non sono mica un killer dei film».

«Sei tu che la fai difficile. Uccidere è molto più facile di quello che pensi».

In quel momento il motivetto della suoneria del telefonino di Adelmo invase il salotto.

«È la Carlina».

«Ma guarda! Non lo avrei mai detto» commentò la donna. «Sei l'unico ladro al mondo che si ostina a non spegnere il cellulare. Eppure non è difficile, basta premere un tasto».

«Shhh. Stai buona che devo rispondere... Carlina, cosa c'è? No, purtroppo sto solo consumando le suole. Sì, continuo a cercare. Qualcosa troverò... Dài, non fare così».

Chiuse la comunicazione con una fiorita imprecazione in romagnolo. «Si sposa l'Alice, sua cugina, e dobbiamo comprare il regalo» raccontò. «E il vestito della Carlina. Io mi posso arrangiare».

Si avvicinò al cassetto, lo aprì e lo richiuse con prepotenza. Infine afferrò il mazzo di fiori e si avviò verso il corridoio.

In quel preciso momento Lise si rese conto di non desiderare affatto che lui se ne andasse e che per una volta poteva, anzi doveva, mettere da parte il rigore impostole dal proprio piano di morte.

«Stasera non sono andata a mangiare al ristorante» disse in tono discorsivo.

Adelmo si girò e la guardò con un'espressione interrogativa.

«Mi sono fatta portare le pietanze a casa, ma hanno esagerato» continuò la donna. «C'è cibo in abbondanza per due. Tu hai già cenato?».

Lui stette al gioco, curioso di vedere dove volesse andare a parare la tedesca, e appoggiò la mano aperta sulla pancia con un gesto plateale. «Beh, sì. Però poco. Giusto un piatto di spaghetti. Cosa vuoi, non puoi andare a rubare appesantito... non è professionale».

«Certo» disse lei con un sorriso accondiscendente. «È noto che limita la destrezza necessaria per praticare la nobile arte del furto. Allora, vuoi farmi compagnia?».

«Volentieri» rispose il ladro commosso e frastornato. Quell'invito non era casuale. Lise non era il tipo. Voleva dire che aveva atteso il suo arrivo e non certo per farsi strangolare.

Lei allungò la mano e lui la aiutò ad alzarsi dal divano. I due iniziarono ad andare e venire dalla cucina. In pochi minuti prepararono una tavola sontuosa con tanto di candela accesa.

«Vado a cambiarmi» comunicò la padrona di casa infilando la porta della camera da letto.

Quando tornò, Adelmo rimase senza fiato. «Ma sei bellissima!». esclamò pieno di ammirazione.

«L'abito da sera è obbligatorio per la cena di gala di fine crociera».

«Scusa?».

Lei sorrise appena. «Nulla. Stappa la bottiglia e versami del vino».

Adelmo era impacciato. Un cavatappi come quello non lo aveva mai visto e non sapeva come usarlo.

«Faccio io» intervenne Lise. «Osserva e impara». Versò il vino, poi alzò il calice. «Ai nostri sogni».

L'uomo rimase con il bicchiere a mezz'aria. «Il tuo mi fa paura».

«Ti prego, brinda con me. E sorridi».

Il ladro la accontentò. La tedesca servì l'antipasto. Adelmo iniziò a mangiare con appetito mentre la padrona di casa lo osservava tenendo le mani sotto il mento in una posa da gran signora.

«Cosa c'è?» chiese lui preoccupato che

qualcosa potesse turbare quel momento così speciale.

Lise fece un gesto vago con la mano. «Le foto con il comandante e poi tutti a tavola» disse con voce leggera. «I camerieri con i guanti bianchi e l'orchestra sono pronti da tempo. I passeggeri eccitati, stretti negli abiti da sera che hanno appena tolto dalle valigie, chiacchierano e ridono in attesa delle danze.

«Insieme ai dessert arrivano gli chef accolti dagli applausi. Salutano la sala e si mettono alla testa di un trenino che serpeggia entusiasta fino a quando la musica non è finita.

«Ma il momento più atteso è il primo ballo del comandante. Si alza, si sistema l'uniforme immacolata con movimenti lenti e misurati mentre si guarda intorno alla ricerca della dama. Non c'è un criterio per la scelta. Non sarà la più giovane, la più bella o la più elegante. Sulla nave lui esercita il potere anche sulle inezie. Sarà solo una donna fortunata che per una volta nella vita aprirà le danze in una serata di gala.

«I suoi occhi abituati a scrutare il mare la individuano. Lui si avvicina e la invita con un inchino. E poi ballano. Tutti osservano in silenzio. Immobili, timorosi di spezzare l'incantesimo... Vuoi essere il mio comandante, Adelmo?».

Lui si alzò e la invitò con un inchino esagerato ma sincero. Lise attaccò a canticchiare intonata un valzer e i due volteggiarono nell'ampio salotto. Entrambi si rivelarono bravi ballerini. Adelmo aveva un portamento austero, lei era leggera ed elegante. Sembrava che si trovassero davvero nel salone delle feste di un piroscafo. A un tratto la tedesca si staccò ma lui la trattenne, abbracciandola.

«Me ne conceda ancora un altro, madame».

«Ma certo. Non le posso rifiutare nulla, comandante».

Dopo i primi passi Adelmo le sussurrò qualcosa all'orecchio e Lise scoppiò a ridere. Una risata allegra, spensierata.

Poi la baciò, e mentre la baciava gli vennero in mente i due ragazzi che limonavano sulla panchina. Decise di perdersi tra le labbra della donna. Anche lei si lasciò andare.

Quando uscì dalla camera da letto l'appartamento era inondato dal sole. Indossava mutande e canottiera, rigorosamente bianche. Curiosò in cucina alla ricerca dell'occorrente per preparare il caffè cantando a mezza voce: "In mezzo al mar ci stan camin che fumano".
Qualche minuto più tardi arrivò Lise, avvolta in una vestaglia di seta. Lui spalancò le braccia felice.
«Buongiorno! La mia tedeschina bella si è svegliata. Lo vuoi un caffè? Non ho trovato altro per fare colazione. Io la mattina mi faccio una tazzona di latte con i biscotti. Ho bisogno di energie per fare felici le belle tedeschine…».
«Io dovevo uscire dalla mia camera e non trovare nessuno. Hai rovinato tutto».
«Ma tedeschina, sono il tuo comandante…».
«Zitto! Zitto! Zitto!».
«Ma te ti alzi sempre così?» si inalberò

84

l'uomo. «Sei peggio della Carlina che c'ha il muso tutte le mattine. Per dire due parole normali le ci vogliono tre caffè, due rosette con pane e marmellata e due sigarette».

Lise si appoggiò allo stipite della porta. «L'illusione è rara» disse in tono gelido. «Si crea grazie alla complicità del caso. Le parole suggeriscono, il resto è puro esercizio della fantasia. L'illusione non può confrontarsi con la realtà. Un attimo prima che si incontrino bisogna fare in modo di annullarsi, scomparire perché il ricordo sia incerto e di tutto quello che è accaduto rimanga solo una vaghissima percezione di piacere, di bellezza.

«Mai e poi mai avresti dovuto trovarti ancora qui con addosso quegli indumenti così tristi che sanno di magazzino a poco prezzo, di sveglia alle sei per andare al lavoro, di una vita così faticosa da risultare inutile perché irrimediabilmente violata dalla concretezza che le necessità comportano.

«Sei così gretto che ti sembra la cosa più normale del mondo farti trovare col caffè già pronto e intento a vantarti delle tue prodezze. Di quello che ti succede di bello nella vita hai bisogno di parlarne perché il deserto che separa il tuo cuore dalla mente non ha confini e la parola ti aiuta a conservare qualche frammento, qualche indizio di realtà. Ma quella realtà non esiste! Ti hanno allevato, cresciuto nell'esercito dei falliti e tu fai di tutto per essere un vanto della tua razza».

La donna lo prese per le spalle. «Guardami! Ti sembro quella di ieri sera? Vuoi che beva il tuo caffè e continui a chiederti di essere il mio comandante? Sei davvero così infinitamente stupido?».

La sua voce si spezzò. Il pianto ormai era in agguato.

«Non ti rendi nemmeno conto del male che mi hai fatto. Credi che abbia il tempo e la possibilità di gettarmi alle spalle una delusione tanto cocente? Lo sai cosa rimarrà di tutto questo? Una manciata di vergogna spalmata sulle mie rughe e per questo ben visibile allo specchio. Non hai idea di quanto sia complicato consolarsi quando speri con tutte le tue forze che la morte ti strappi all'orrore del sopravvivere».

Adelmo la fissava attonito. «Non ho capito niente» confessò con un filo di voce.

Lise ingoiò le lacrime e attaccò una ninna nanna della sua infanzia.

Schlaf, Kindlein, schlaf
Der Vater hüt't die Schaf
Die Mutter schüttel's Bäumelein
Da fällt herab ein Träumelein
Schlaf, Kindlein, schlaf...

La donna gli diede una spinta costringendolo ad arretrare. Il ladro cercava di resistere perché non capiva cosa stesse accadendo davvero ed era pronto a tutto pur di farsi perdonare. Ma la tedesca voleva cacciarlo e la sua disperazione si trasformò in rabbia.

I versi della canzoncina si trasformarono in parole scandite e gridate con una violenza inaudita per una donna così delicata.

Adelmo, sconvolto, raccolse i vestiti e fuggì. Questa volta dalla porta.

4

Lise come ogni notte era distesa sul divano. Vestita di tutto punto, truccata, la sciarpa azzurra al collo con i lembi ben distesi sul
petto. Adelmo non si faceva vedere da più di
una settimana e lei era sempre più disperata.

Sentì un rumore e aguzzò l'udito. Quando vide la luce tremolante della torcia scrutare il pavimento del corridoio pensò che il
suo ladro avesse scordato il percorso che
conduceva dal bagno al salotto.

«Adelmo?».

«No, sono la Carlina» rispose una voce di
donna dal buio.

La tedesca era sorpresa. E sconcertata. Ma
si riprese subito. «Immagino sia a conoscen-
za dei dettagli, non c'è bisogno che accenda
la luce».

«Meglio di no. I soldi sono nel cassetto?».

«Sì. Ma controlli, la prego».

La Carlina non si limitò a verificare la presenza delle banconote, volle anche contarle. «Non è per malfidenza ma questo è un servizio costoso, capisce?».

Lise rifletté sul termine "servizio". In fondo era corretto, anche se risultava in qualche modo osceno.

La donna del ladro si sedette sul divano. Il suo profumo scadente fece arricciare il naso raffinato della tedesca, che chiese: «Lui dov'è?».

«All'ultimo momento si è fatto la valigia e se n'è andato» rispose l'altra dopo un lungo sospiro. «Si è messo sull'attenti e mi ha detto: "Generalessa Carlina, l'esercito è sconfitto. Il soldato Adelmo fugge, scappa da questa vita. Se ne va a cercarne un'altra". Il solito buffone».

«I disertori sono adorabili» disse Lise. «Ingenui, fragili, con la testa piena di sogni. Ne ho conosciuti diversi e ne ho amati due. Ma brevemente e solo per curiosità. Ero persuasa che il tempo dell'amore dovesse esse-

re calcolato a tavolino a seconda del torna-
conto. A quei tempi ero caparbiamente convinta di tante cose, una più errata dell'altra.
Anche su Adelmo mi sono sbagliata. Alla fine la nostra partita l'ha vinta lui».

«Vedo che ha voglia di chiacchierare.
Vuole che torni un'altra volta?» domandò la
Carlina premurosa.

La tedesca, nel buio, tastò le braccia e le
mani della donna ricoperte di guanti di lat-
tice. Si tranquillizzò. Erano forti e robuste,
abituate al lavoro e agli sforzi. Non l'avreb-
bero fatta soffrire.

«No, cara. Ora va bene» rispose serena.

Epilogo berlinese

Faceva caldo anche se era fine ottobre. L'estate sembrava non volesse finire mai. Per tutta la notte era caduta una pioggia fitta e sottile ma ora, a metà mattina, il sole aveva asciugato il legno della panchina su cui sedeva Adelmo. Gli era venuta la mania delle panchine e quella era la sua preferita. Stava nel bel mezzo di un giardinetto che costeggiava il teatro Volksbühne, in Rosa-Luxemburg-Platz. Lavorava in un ristorante poco lontano e quella panchina l'aveva scoperta cercando un posto tranquillo dove fumare una sigaretta e parlare a voce alta. Ormai era diventata un'abitudine a cui non voleva rinunciare. Prima pensava che fosse un po' da matti, poi però, osservando la gente per strada, si era reso conto che un sacco di persone conversavano con loro stesse. Aveva anche capito che bastava accostare il cellulare all'orecchio e nessuno ci faceva caso.

Si accese una sigaretta e si guardò attorno. Vide una mamma trainare con la bicicletta un carrettino con dentro due bambini che ridevano a crepapelle.

«La Carlina adesso c'ha un chiosco di piadine» disse.

Restò in silenzio fino a quando non schiacciò il filtro con il tacco. Poi continuò: «E ha anche un nuovo fidanzato. Sono contento per lei. È filato tutto liscio. Anche i giornali ne hanno parlato poco perché la notizia poteva danneggiare la stagione turistica, che con la crisi era già partita male. E poi in Italia ammazzano tante di quelle donne che una in più... E poi era sola e straniera. Non gliene fregava niente a nessuno.

«Lise di cognome faceva Zegers. Era una signora precisa e aveva lasciato tutto scritto: il funerale, la sepoltura, quelle cose lì. Nessun fiore sulla tomba. Ma io non le ho dato retta. Ho mandato i soldi alla Carlina perché mettesse un mazzo di rose rosse. Si sarà in-

cazzata di sicuro, la tedesca. Chissà che cat-
tiverie avrà tirato fuori.

«Invece io mi sono fatto tatuare il suo nome sul braccio. Ogni tanto qualche donna
che incontro mi chiede chi è questa Lise. E
io non so cosa rispondere. Non ho capito bene perché non riesco a dimenticarla. Forse
perché non voglio. Mi manca. Le sue parole
mi girano in testa e allora mi devo fermare e
chiudere gli occhi per ascoltarla meglio. E il
suo profumo. Ancora lo sento. E capita che
la notte faccio ancora l'amore con lei. Mi
parte la mano. Da non crederci, ma mi faccio
di quelle seghe pensando alla tedeschina! E
quando mi sveglio mi sembra impossibile
che non ci sia più. Che io non possa andarla
a trovare, allungare la mano, toccarla.

«Ma sono solo cose che penso io perché
lei voleva morire e alla fine qualcuno l'ha ac-
contentata. Meglio che sia stata la Carlina,
intendiamoci, che però non mi manca per
niente. A lei non penso mai. E nemmeno alla
vita che avevo prima. Me la sono lasciata alle
spalle il giorno che ho capito che un uomo

nasce e poi muore, ma nel mezzo può avere tutte le vite che vuole. E sono partito per viverle. Tutte. Non so quante saranno ma finché campo non me farò sfuggire una.

«E pensare che ero lì che mi vergognavo, mi facevo schifo, per la tentazione di diventare un assassino. Stavo cedendo, trovavo una giustificazione dietro l'altra e all'improvviso tutto è diventato chiaro. Semplice. E mi sono salvato.

«Ora cammino nel mondo a testa alta. Non mi vergogno di nulla. Sono in pace con me stesso».

Adelmo tacque. Aveva bisogno di capire se era vero quello che aveva appena detto. No, non lo era. Solo che ora riusciva a convivere decentemente con il passato. E questo era già molto.

Scartò una caramella, tedesca e gommosa, e la infilò in bocca. Riprese a parlare dopo averla masticata e deglutita.

«E poi, cosa davvero incredibile, sono diventato simpatico alla gente. Giuro! Trovo addirittura lavoro facilmente. Non grandi cose e tantomeno definitive, ma tiro avanti meglio che a Rimini.

«Mi sa che non ci tornerò più a casa. Mi tengo il mio accento e il mio dialetto che mi piacciono tanto. E qualche ricordo.

«Insomma, è andata così. Ho trovato una finestra aperta e ho conosciuto una donna incredibile. Non saprei spiegare come ma è stata lei a cambiarmi. Aveva una lingua che ogni volta che apriva bocca ti prendeva a scudisciate, ma se penso a lei mi sciolgo come un gelato al sole. Mi vengono i lucciconi. Come quando pensi a una persona a cui hai voluto bene sul serio. E lei di bene me ne ha fatto tanto. Se non mi fosse venuto il ghiribizzo di entrare da quella finestra oggi sarei ancora a Rimini a rubacchiare e a fingere di stare bene con la Carlina. Inchiodato a una vita che mi faceva paura.

«Mi sono comprato un biglietto per una crociera. Parto giovedì prossimo. Voglio vedere il mondo di Lise. Sto mettendo via anche un po' di soldi da spendere al casinò.

Magari mi innamoro di una croupier e non sbarco più. Magari ne trovo una che assomiglia alla Lise. O che si chiama come lei. O che usa lo stesso profumo.

«E allora la inviterò a ballare. A me piace tanto ballare. Altroché se mi piace».

NOTA SULL'AUTORE

Massimo Carlotto è nato a Padova nel 1956. Scoperto dalla scrittrice e critica Grazia Cherchi, ha esordito nel 1995 con il romanzo *Il fuggiasco*, pubblicato dalle Edizioni E/O e vincitore del Premio del Giovedì 1996. Per la stessa casa editrice ha scritto: *Arrivederci amore, ciao* (secondo posto al Gran Premio della Letteratura Poliziesca in Francia 2003, finalista all'Edgar Allan Poe Award nella versione inglese pubblicata da Europa Editions nel 2006), *La verità dell'Alligatore, Il mistero di Mangiabarche, Le irregolari, Nessuna cortesia all'uscita* (Premio Dessì 1999 e menzione speciale della giuria Premio Scerbanenco 1999), *Il corriere colombiano, Il maestro di nodi* (Premio Scerbanenco 2003), *Niente, più niente al mondo* (Premio Girulà 2008), *L'oscura immensità della morte, Nordest* con Marco Videtta (Premio Selezione Bancarella 2006), *La terra della mia anima* (Premio Grinzane Noir 2007), *Cristiani di Allah* (2008), *Perdas de Fogu* con i Mama Sabot (Premio Noir Ecologista Jean-Claude Izzo 2009),

L'amore del bandito (2010) e *Alla fine di un giorno noioso* (2011).

Per Einaudi Stile Libero ha pubblicato *Mi fido di te*, scritto assieme a Francesco Abate, *Respiro corto*, *Cocaina* (con Gianrico Carofiglio e Giancarlo De Cataldo) e, con Marco Videtta, i quattro romanzi del ciclo *Le Vendicatrici* (*Ksenia*, *Eva*, *Sara* e *Luz*).

I suoi libri sono tradotti in molte lingue e ha vinto numerosi premi sia in Italia che all'estero. Massimo Carlotto è anche autore teatrale, sceneggiatore e collabora con quotidiani, riviste e musicisti.

INDICE

Finito di stampare il 21 febbraio 2014
presso Arti Grafiche La Moderna di Roma